URBANOS DESVELOS

[*Relatos de un noctámbulo*]

Nelson Fernando Celis Ángel

URBANOS DESVELOS
(Relatos de un noctámbulo)

Nelson Fernando Celis Ángel

Ilustración de portada de Joel Celis

Nelson Fernando Celis Ángel

URBANOS DESVELOS
(Relatos de un noctámbulo)

Ilustración de portada: Joel Santiago Celis López

ISBN: 978-958-48-8911-9

Bogotá, Colombia, 2020

A Jairito y Maruja,
que se fueron antes de poder leerme,
pero están siempre presentes
en mi memoria y desvelos.

A Claudia,
mi Gataluna,
primera lectora y crítica,
compañera fiel y paciente.

Pero
ante todo, a Joel Santiago,
mi sueño hecho realidad,
el pequeño filósofo:
¡mi amado hijo!

MODUS OPERANDI

El ejercicio de escribir está revestido de innumerables ropajes: técnicas, estilos, libertades, compromisos con palabras insólitas, construcciones semánticas "de autor", crítica, relecturas, análisis, hermenéuticas y cuanto el esplendor de la palabra convoca (¿provoca?). Yo no aprendí a escribir, no como los maestros de la retórica, y quizá por ello me esmero en desnudar los discursos – los míos pues me cuesta aventurarme irrespetuosamente con los de otros –, aun cuando sean sólo ficciones; me deleito en el soltar frases y jugar con ellas, poner a rodar ilusiones lingüísticas hasta que se desgastan y tengo que crear otras que se presten para continuar el eterno juego. No me asusta ser malentendido. Me intimida ser tan fútil como para nisiquiera ser leído (no comprendido, eso no importa tanto en una época en la que surgen expertos que se encargan de explicar discursos ajenos, mejor que quienes los producen).

Yo escribo y lo vengo haciendo desde niño pues, ¿qué sentido tendría una vida tan irrelevante como la mía si no suscita por lo menos una exclamación de desagrado con unas cuantas palabras entrecruzadas?

Yo no aprendí a escribir. Sólo desnudo mis discursos. Me desnudo con mis discursos. Me expongo en la escritura y me someto a despiadados lectores. Así, como quien sólo juega con las escasas palabras que tiene amarradas a su pluma (desde que terminé mi bachillerato abandoné la máquina de escribir y ahora registro mis desvaríos en la computadora; ¿la pluma?, en realidad, pocas veces la he usado).

Esto que traigo para que lo sume a su colección de pendientes por leer o lo anexe a la sección de "Raros pero conservados por causa de amistad con el autor", es una antología que, comenzando por cuentos escritos durante mi adolescencia ("Antes de caer la noche"), va registrando el pozo cavado por mi insomne desespero, las fluctuaciones de mis ideas vagas y el encuentro con desesperados relatos de madurez ("Es tarde ya"), si es que madurez significa vencer la cordura y prometerse el relato soñado, sin que, esfuerzo tras esfuerzo, desgano, tras desgano, finalmente llegue a asomarse. Usted juzgue el material, el cual le invito a leer en el orden que le plazca, pues cada relato da cuenta de sí mismo, sin buscar continuidades, sin presumir de correlacionamiento interno. Eso sí, no se sorprenda si de repente se ve reflejado en alguna expresión o se encuentra con lugares comunes: no busque explicaciones, sólo lea con la discreción que precise el no atragantarse con mi verborrea y, principalmente, no dejarse poseer plenamente por ella (si es que eso puede llegar a ser un problema).

Sin más, comience por donde quiera. Deténgase cuando considere prudente. Abandone la empresa si no se identifica con los relatos: finalmente son fruto de desvelos, noches lluviosas, frías y melancólicas, o simplemente del exceso de vino tinto.

¡Hágale con la lectura! Yo entre tanto, me asomo por la ventana esperando me llegue el impulso para seguir escribiendo, finalmente, siempre habrá situaciones de la cotidianidad que ameriten por lo menos, un corto relato. ¡Amén!

AMANECER

La luz del sol entró por mi ventana,
¡qué inoportuna! pues antes del alba,
tu presencia en mi lecho ya había
disipado toda tiniebla de mi alma.

ANTES DE CAER LA NOCHE

I. DELIRIO DE UN DESAHUCIADO

Sé que es ella, porque al igual que la primera vez, viene acompañada de ese frío negro que se desprende con su aliento; no ha sido precavida, pues en la lúgubre noche ha dejado nuevamente la huella de sus pasos lentos, tormentosos y fatales. El silencio la ha delatado y en ese existir violento se ha marcado, cual nostalgia en un moribundo, la áspera sensación de la venganza.

¿Cómo evitar sus largos dedos prolongados en encorvadas y terrosas uñas, si cada corto paso en el avanzar de nuestras vidas, nos aproxima al abismo donde ella habita? Por segunda vez siento cerca su horrorosa boca, esperando cual buitre arrancar trozo a trozo, migaja a migaja los tejidos de mi alma. No puedo pronunciar palabra sin sentir cómo el cálido aire que se desprende de mi garganta hiere su piel fría y putrefacta, causando un maloliente aroma que con gusto emana.

Ella ocasiona en mí una tenebrosa conmoción; mi cuerpo se expande, tratando de desprenderse hasta la más ínfima molécula, queriendo huir del dolor letal. Las cicatrices que ha dejado en mi ser me hacen comprender que, aunque poseo una gran fuerza de voluntad, no seré capaz de resistir un nuevo ataque proveniente de su odiosa maldad.

Pasa el tiempo, sin que logre yo comprender la naturaleza de su crueldad y el origen de su oscura y desagradable presencia: ¿cómo penetrar en el túnel del pasado eónico, sin haber hallado la extraña puerta que abre camino hacia él? Mis esfuerzos por vencerla son como la débil aguja que anhela penetrar el acero de una blindada estructura y se hacen más pequeños que el trozo de iceberg que por desdicha ha caído en el caldero alimentado por una llama eterna. La condena que sobre mí pesa, presiona mi alma como una cadena que, girando en torno a un cuello, es halada por cada extremo, impidiendo el paso del aire a los pulmones e incrustando eslabón tras eslabón en la garganta.

La última gota de mi vida se evapora en este instante, secándose así por completo el pozo que durante años dio de beber a quien a él acudía, la más pura y dulce agua que jamás boca alguna haya saboreado. La fuente cristalina aún existe; aunque su caudal se haya en su recorrido contaminado, seguirá pues, alimentando otros pozos que, llegado como a mí su momento, serán por la muerte visitados.

II. REMEDIO FORZOSO

No llores más amor mío, por fin el dolor se irá. Sí. Aunque no lo creas, ese extraño ser de ojos perdidos, rostro cruel y ofensivo, piel áspera y punzantes dedos, dejará de torturarte. Las noches largas y de cansado insomnio en que con su chillido venía desprevenidamente sólo para molestarte, culminan hoy, dejando píamente en tu expresión, junto a tu evidente deterioro, el más áspero rasgo de demacración: no lo verás, por lo menos no con la repulsión que lo puedo ver en este momento.

Recuerda mi vida aquél solemne episodio de tu vida, en que en ti se forjaba la más cruel tragedia que artista alguno haya podido representar: muertos tus padres en horrendo accidente, muestran las llamas en tu bello hogar, todo el poder de incineración -aun de los sueños-, con que son capaces de actuar. Engendras un bastardo que habría de crecer cual sedentaria planta, marchita y sin poderse mover; pierdes, consumida por la gangrena, una de tus piernas, que antes esbelta y bien torneada causaba admiración y como si no fuera suficiente el cúmulo de tragedias, pierdes también lo que te quedaba de razón.

Dime querida, a ¿qué crees que se deba tan triste historia, cual es tu vida en este ingrato mundo de desolación?, ¿acaso el destino te usó inapropiadamente como "conejillo de indias" para mostrar cuánto mal puede a un noble ser realizar?

Mi bien amado, hoy al mundo sólo inspiras el agrio sentimiento de la lástima. Tu vida, no ha sido doncella, la que un corriente mortal es capaz de soportar. No. Te ha tocado conocer la muerte, sin haber tu alma abandonado tu degradado cuerpo; y todo ¿para qué?, si tu exilio enfermizo en el cuarto más oculto de la casa sólo ha servido para hacerme comprender que la vida de una persona como tú, no vale nada. Tu agonía es la culpable de que en mí se despierten sentimientos de repugnancia y odio hacia lo que alguna vez me causó placer. Lo que de ti queda que aún es perceptible, pero que atormenta día a día más mi conciencia, es ese agudo y persistente lamento que nace, no de tu indolente corazón, sino de tu profunda herida expuesta hacia mí.

Quiero que al proceder como ordena mi sentido de compasión, no creas que te odio, sino que comprendas que, si bien no te doy la felicidad, te facilito el hecho de alcanzar el reconfortante descanso, que sé, siempre has anhelado. Es difícil para mí hacer esto, aunque me alienta el deseo de verte descansar y descansar yo mismo; por eso ahora, -de igual manera como procedí con el bastardo-, cierro mis ojos, elevo una plegaria al cielo, y la última sentencia que escuchas, mientras traspaso como un experimentado verdugo, -se siente siempre bastante extraño-, tu corazón, es: "Muere despojo de mujer y deja ya de lamentarte, tu remedio finalmente ha llegado". Breve gemido. Silencio. Descanso.

III. YO SOY

De camino a casa, vi un grupo de personas en una plaza, formando corrillo y, como un ratón tras el olor a rancio queso, me acerqué a investigar. Filtrándome entre los allí reunidos, logré llegar a un sitio desde el cual, aunque no veía, escuchaba perfectamente. Noté que del centro del corrillo provenía una voz grave, seria y moderada, que algo así pronunciaba: "*…yo soy el camino, la verdad y la vida…*" La voz se hizo confusa y, queriendo escuchar algo más, empujé a cuantos impedían que me acercase a ella, grité desesperado, pues lo que de aquella sabia boca emanaba, era para mí elixir de vida y luz para mis ciegos pies: "¡Abran paso hombres necios!, ¡abran paso!". El silencio se hizo entre la multitud, y pronto pude ver a aquél que hablaba; mas cuán grande fue mi sorpresa al contemplarme allí, sentado en medio de la multitud, predicando un sermón que al instante reconocí, YO JESÚS.

IV. LA GRIETA

Muchas veces mientras observaba el piso, note fisuras, aberturas que se ramifican como nervios a lo largo y ancho del mismo. Otras veces miré paredes e igual fenómeno noté. Un día dirigí mi mirada al cielo y en las nubes se pronunciaban marcas semejantes a las del piso y las paredes. Pude vislumbrar que una buena parte de todo lo existente está marcado por estas extrañas formas inmateriales que representan en medio de sus sombras y su informidad, la separación, la herida, el desgarre entre unos y otros segmentos de lo sólido y lo no sólido. Y si miramos hacia dentro de nosotros, notamos que algunas veces nuestra esencia, nuestras sensaciones, nuestra personalidad y nuestro pensamiento, están heridos por una profunda y descomunal "grieta".

Pero ¿qué es una grieta? Se dice que es un quiebre o abertura longitudinal que se hace de manera natural en la tierra o en cualquier cuerpo sólido. La verdad, es que el facilismo conceptual de quien busca respuestas simples a preguntas concretas ha llevado a un sinnúmero de personas a aceptar de manera pasiva y sometida, esta estúpida afirmación que no satisface ni es ninguna respuesta.

La grieta es un suceso histórico, un proceso vivo en medio de lo muerto, un gesto de temporalidad frente a lo que antaño fue fresco, un rechazo ciego a la unidad de los cuerpos, un expirar seco ante el húmedo recuerdo. Se agrieta la roca que golpea el picapedrero; se agrieta por un rayo el inexplotable cielo; se agrieta el agua al caer en el suelo; se agrieta un río, un mar, una montaña, cualquier cuerpo; pero también se agrieta lo que para el hombre es incierto: el alma, el espíritu, el dolor, el pensamiento; un llanto, una risa, una imagen, un recuerdo. Se agrietan los corazones, los amores, las envidias y los excesos; las caricias, los abrazos, la ternura y los besos. Se agrieta todo, todo en el hombre: el nacer, el vivir y el inevitable deceso. Se agrieta el espacio y también se agrieta el tiempo.

Las grietas son producto de lo inestable, de lo que no es eterno: hay grietas que en los cuerpos marcan el tiempo; grietas que en la mente desestabilizan los conceptos; grietas que en la noche nos mantienen despiertos; hay grietas que en las grietas forman nuevos trayectos; grietas vivas para vivos y grietas muertas para muertos.

Todo esto lo he escrito de manera breve y escueta y es bueno que sepáis que, aunque no estoy loco, permito que, en mi mente, junto al intelecto y la conciencia, habite una erudita y filósofa grieta.

V. EL PRÓJIMO

Vagaba por una calle algo concurrida, cuando de pronto... *"Acercaos amigos; pues lo que hoy os traigo viene directamente del cielo. ¡Acercaos!"* Tras oír estas palabras, decidí averiguar qué cosa podría ser tan maravillosa para que se le atribuyese origen celeste. Me acerqué y vi un hombre, modestamente vestido, parado junto a un anciano sucio, hambriento y mendigante. El primero exhortaba a los concurrentes, a que se acercasen y tocasen al mendigo: algunos lo hacían y luego se alejaban al no encontrar muestras claras de que viniese del cielo. Yo, por mi parte, no hallé digno el hecho de aprovechar la condición inhumana de un ser que ha sido azotado por los látigos del infortunio, para hacer quién sabe qué tipo de proselitismo.

Mientras el hombre modestamente vestido continuaba gritando las mismas frases, a todo pulmón, y continuaba acercándose y alejándose más gente, me despojé de mi gabán y lo puse sobre el malprotegido cuerpo del pordiosero y, no conforme con ello, lo tomé del brazo y lo insté para que me siguiera, dándole algo de alimento y hospedándolo temporalmente en mi casa. Tras hacer lo ya mencionado, regresé a la calle donde antes se hallaba el mendigo, y esta vez mi sorpresa fue al escuchar al hombre modestamente vestido diciendo: *"¡Ved cómo no os mentía! Aquí mismo, frente a vosotros, se hallaba Jesús el nazareno, y quien se lo llevó, uno de sus discípulos, pues él mismo, en alguna ocasión dijo <<En verdad os digo que lo que hicisteis con el más pequeño de mis hermanos, conmigo lo hicisteis>>"*

Me alejé presurosamente de entre la multitud, regresando a mi casa; al trascender la puerta caí de rodillas y oré. Al levantarme, no vi al mendigo, mas noté que junto a mí -venido directamente del cielo-, había estado el Señor.

VI. EL CONOCIMIENTO

El conocimiento, es uno de los elementos más importantes para la plena realización de nuestra vida; poseyendo tal nivel y significación dentro de nuestra existencia, no podía yo permitir que pasase inadvertido, como un objeto más dentro de mis escritos y menos, si estos son vivencias que, por su influencia en mí, han merecido ser transcritas.

Hubo alguna vez, en tierras del norte, un hombre que, por su condición económica y tradición política, logró alcanzar un destacado cargo dentro de la pirámide administrativa de dichas tierras. A este destacado personaje lo llamaré "el Ministro Sanders", pues es menos arriesgado y más cómodo para mí, suponer un nombre que sé, no relacionarán fácilmente y, tras el cual hay algunas características que lo hacen más ficticio que real.

Sucedió pues, que estando Sanders en su oficina, leyendo algunos documentos sin importancia; se le presentó su estafeta, el joven Wilderfrand, quien sin extensa intervención, planteó al ministro el siguiente caso, esperando éste pudiese ayudarle a solucionarlo:

- << Doctor Sanders: existe en cierta comunidad, perteneciente a este territorio, un hombre que no logra establecer cuál es su religión, pues en varios aspectos dista de la oficial, al igual que en otros logra coincidir. Al cuestionársele acerca del tema, no tiene otro recurso más que exponer todos sus principios y creencias y, en ello tarda algo más de tres horas. Este ha sido un inconveniente para los realizadores de un censo, que actualmente se lleva a cabo en dicha comunidad, pues es indispensable enunciar su religión, ya que el actual mandato, como usted sabe, ha decidido separar las tierras de los fieles de la religión oficial, de las tierras de los que a ella no pertenecen, para evitar así posibles enfrentamientos por diferencias de carácter religioso.

¿Qué se puede hacer para evitar un error que más adelante sería perjudicial y, a la vez, ayudar a este pobre hombre que no logra identificarse con ninguna religión o, mejor aún, que se identifica con todas? >>

El ministro Sanders, no pudo más que hacer que se anulara el censo, y evitar que las tierras fueran separadas, pues sus conocimientos no le permitían discernir cuál sería la verdad a este respecto. Decidió investigar por sí mismo, y al no hallar respuesta, luego de dialogar con los altos representantes de las distintas religiones, renunció a todo lo que poseía y se retiró a un lejano monte, hasta el fin de su existencia, a orar.

VII. LA PIEDRA Y LA SEMILLA

Un día me senté a pensar, pensé que era una gran roca: inmóvil en medio de la armonía del bosque, rodeada de cientos de grandes árboles, incrustada en la cálida tierra, pero sin raíces, inerte, aparentemente sin vida. Luego pensé que era una pequeña semilla: insignificante ante el caos del huracán y la polvareda, huésped de tierras áridas, condición en la cual no era más que la piedra.

Me levanté, tomé en mi mano derecha una piedra y en la izquierda una semilla, las puse en una matera, agregué tierra y agua, esperé algún tiempo. Otro día miré la matera y cuál fue mi sorpresa al no hallar la semilla, había en cambio una planta que con sus raíces envolvió la piedra. Sembré la planta en tierra firme, cuidando que de ella no se desprendiera la sólida piedra.

Hoy tengo el privilegio de poseer en mi jardín, un alto y frondoso árbol, junto al cual y bajo su sombra, he colocado de manera simbólica, una gran y pesada roca, donde un día me senté a pensar...

VIII. CRUZANDO EL PUENTE

Ayer, me hallaba sentado bajo la inmensa bóveda celeste, tratando de penetrar su misterioso encanto, observando una a una las estrellas, y en medio de mi abstracción comencé a recordar momentos y episodios que viví cuando era tan sólo un joven. Empecé con el recuerdo del génesis de mi tribulación: yo en medio de cientos de personas, caminando de aquí para allá, como una ínfima partícula perdida entre centenares de moléculas de un gas en expansión. No tiene sentido, sólo deliraba. Luego el éxodo, recuerdo en el que me detuve por un "tiempo eterno", a lamer y relamer cada frase y cada uno de sus momentos, tratando de extraer el agridulce sabor de su inconsistente masa.

Yo, caminando por una calle solitaria, en dirección a la infinita paz, absorto en mi habitual meditación, complejo discernimiento del bien y el mal, del origen y el fin, tautologías acerca del cosmos; nunca pensé que para hallar la paz interior fuese necesario vivir primero el caos.

Nada se nos da gratuitamente, ni siquiera el aire que respiramos, pues siempre debemos aportar al mundo, en cambio, una buena dosis de gas carbónico.

Yo, filósofo, por una senda pedregosa, y ¿es acaso grande la dicha del mártir que en el dolor halla reposo?, o ¿infeliz el mundo para aquél que queriendo morir, en sus actos siempre halla más vida? Allí, en medio de mi senda, un largo, angosto y elevado puente. ¡Oh, vida mía cargada de ironía! Cruzar el puente debo, si es que mi meta quiero alcanzar, pero ¿dónde dejo el temor a la altura, vértigo inexpropiable de mi alma en pena?

Faltó el consejo de mi buena madre, el impulso enérgico de mi padre y el aliento de paz infundido por mi maestro. Me hallaba solo nuevamente ante un reto; yo, ciego a las tentaciones del cuerpo, yo, casto ser que nunca ha profanado ni la mirada de un ser angélico, tener que vencer al mundo y vencer al mismo tiempo mi inhumano vértigo.

No hubo campo para mayor meditación, escalé los endebles peldaños que habían de conducirme al hilo mediador entre el mundo y el anhelado cielo; tembloroso e inseguro di mi primer paso, luego el segundo y, así sin equilibrio, seguí poco a poco caminando, hasta que, sin cerrar los ojos ni siquiera para pestañear, me vi descendiendo por los peldaños que me conducirían a tierra firme.

Pero ¿cuál es el autor de mi desdicha?, ¿seré yo mismo?, ¿qué he hecho o he dejado de hacer para merecer esto? Me hallaba nuevamente al inicio de mi camino. Y, sin extender mucho mi historia, puedo decir que aquel puente lo crucé cien veces, al punto que cada vez lo veía más ancho, corto y firme, y en tanto que lo cruzaba una y otra vez, al bajar los peldaños, me veía nuevamente al inicio de mi camino.

Y ocurrió que perdí mi vértigo y, queriendo descubrir dónde éste había quedado, trepé el puente y crucé hasta la mitad, miré al precipicio, al cielo, al horizonte, y mi vértigo no estaba. Entonces me senté allí a meditar y se hizo la oscuridad y luego la luz, y así durante muchos soles estuve allí, en medio de mi antiguo miedo, sentado, hasta que un día decidí levantarme y excelsa fue mi sorpresa al constatar que no recordaba de qué dirección había venido, corrí tentativamente donde el impulso me llevó y al bajar el puente, vi una multitud esperándome, entre la cual reconocí una figura que me envolvió con sus brazos y me besó y pronunciando dulces palabras me consoló, escuché que me llamó hijo y hermano, mas cuando lo miré, su rostro entre un manto ocultó, aunque yo sabía quién era y sonreí, pues sabía que lo había logrado, había cruzado el puente y había encontrado lo que buscaba: aquél que me acogió era mi sino, era yo.

ES TARDE YA

I. A PESAR DE TODO

Catorce años ha que comenzó su suplicio, catorce años que no dormía en paz, dulce presa de la angustia, el remordimiento y el miedo. Catorce años, el mismo tiempo que llevaba casado con Constanza Florez. Pero el miedo de Johann Estanislao Fiquitiva, no era como el miedo de quien huye de un castigo merecido, ni como de quien presiente que una tragedia se avecina, tampoco el miedo de quien sabe que su verdugo pronto le cortará la cabeza o de aquél que no tiene más opción que esperar la muerte cargado de incertidumbre, pero en vigilante espera. El miedo del marido de la hija del tosco oficial del único puesto de policía de Villa Ausencia, es tan extraño como su presencia en este pequeño pueblo lejano veintitrés horas y media por tierra, del centro poblado más cercano. Extraño, porque llevó a que Johann Estanislao Fiquitiva, nacido 42 años atrás en un barrio limítrofe de la Capital, del cual había decidido no hacer memoria, cuando fue poseído por tal miedo, tomara a su esposa Constanza, el mismo día de la boda, y partiera en un viejo auto hacia Villa Ausencia, territorio del que nunca antes había escuchado hablar y donde moraban los padres de su nueva consorte. Realmente sólo conoció a su suegro, el viejo Pascual Florez, nombrado teniente *ad honoren*, con encargo de comandante del cuerpo de policía del pueblo, por sus servicios como agente policial durante la última revuelta, pues su mujer, Argemira Ventura, estaba siendo sepultada el día que Constanza y Johann llegaron al pueblo, tras haber sufrido un repentino dolor de cabeza luego del cual su cráneo explotó como un huevo crudo arrojado contra una roca.

El extraño miedo de Johann, padre de dos varones de 12 y 7 años de edad, nacidos ambos en el puesto de salud de Villa Ausencia, - pueblo del que nunca habían salido, pues no se atrevía a enfrentarlos a este miedo que lo acompañaba desde antes que fuera residente del lugar -, estaba caracterizado por la sensación permanente de que algo estaba por suceder y que no podría hacer nada para evitarlo. Las noches se tornaban largas para Johann y sólo alcanzaba un estado de relativo sosiego mientras tomaba la siesta de las 2:14 de la tarde, tras haber almorzado, leído el diario, bebido un café y conversado hasta dormirse con el viejo Erario Ventura, padre de su fallecida suegra. Durante la siesta, Johann no soñaba, o por lo menos nunca recordó haberlo hecho, por el contrario, le parecía que los pocos minutos que dormía antes de regresar a sus labores como carpintero, le permitían descansar de sus preocupaciones y reposar incluso hasta de sus más mórbidos pensamientos.

Constanza nunca permitió que la angustia de su marido le afectase, de hecho, desde el día de la boda, decidió ignorar aquella congoja del alma de su compañero permanente y se juró a sí misma que no haría lugar en su vida para nada diferente que la felicidad por haber alcanzado el único sueño que tuvo desde niña: casarse con un hombre honesto que tuviera un oficio y garantizara con ello su perpetuo sustento; ni siquiera la sorpresa de encontrar a su madre extrañamente muerta el día de su regreso al terruño, le robó aquella felicidad bien planeada y lograda con la que la buena ventura le recompensaba después de tantos años de espera. Un marido, dos hijos y un abuelo inútil a quien debía cuidar, eran razones suficientes para no dejarse afectar por el miedo de Johann y mantenerse ocupada, en un lugar donde - aparte de la muerte de su madre y una que otra muerte por senilidad -, nunca ocurría nada extraordinario; además, el extraño miedo de su marido, le pertenecía sólo a él, y salvo porque el día que se casaron, en un arrebato de sinceridad, éste le habló de ello, la hija del oficial de policía no tendría la menor idea de tan absurdo nerviosismo. En medio de la emoción de la boda que estaba por comenzar, Constanza no prestaba oído a las expresiones cuasi fantasmagóricas cargadas de un aire fatalista, de Johann, quien por más de una hora se empecinó en explicarle en detalle lo que le mantenía cautivo de tal miedo: ella le veía hacer muecas y manotear más de la cuenta, pero sus oídos presos de melodías de ensoñación, se elevaban junto con su mente anticipando en una mezcla de deseos y expectativas, la suntuosa marcha nupcial, las felicitaciones y buenos deseos, el brindis, el vals y todas esas futilidades sin las cuales ella no se hubiera permitido contraer matrimonio en otra época, pero que ahora tan ausentes como innecesarias hacían presencia sólo en su imaginación. Tal era la capacidad de escucha de Constanza, que Johann a partir de entonces había decidido no volver a tocar el tema ni contarle nada y prefería compartir los espacios de coloquio sobre temas triviales de la cotidianidad con el ya bastante entrado en años, abuelo Erario, que además de escucharle atentamente - si es que la escasa capacidad auditiva del viejo aún podía reconocerse como escucha -, asentía a todas las reflexiones escatológicas del sorprendentemente siempre joven carpintero.

Pero aquella mañana, al cumplir catorce años de haber dejado su familia, su barrio, su agobiante ciudad, el miedo para Johann Estanislao, se le antojaba de otro tenor, la presión en el pecho y la conmoción de las vísceras tenían algo diferente, e incluso la angustia misma, la angustia permanente y ese remordimiento insensato que no le abandonaban ni siquiera cuando asistía a la misa del cura Arsenio o acudía para que aquél hombre que más de una vez creyó se asemejaba más a un troll calcado de un cuento infantil, que a un servidor del Dios que parecía haberlo abandonado hace catorce años, o que por lo menos se esmeraba en hacerle notar que lo ignoraba; ni siquiera en tales momentos sentía que se apartaran de él. Angustia, remordimiento y miedo: pavor que estaba por reventarle el pecho y que le estrujaba el cerebro haciendo aparecer retazos despellejados de recuerdos. Le poseía la sensación de que la hora del desenlace de su historia, a la que huía desde el mismo día de su boda y que siempre deseó nunca llegara, finalmente hacía su acto solemne de aparición en medio de su imposibilidad e impotencia para enfrentarla.

Como buscando anticipar el momento, leyó el correo, puso un sobre en el bolsillo de su camisa constatando que no había nada que hacer. Los presentimientos habían dejado de serlo y Johann Estanislao Fiquitiva, carpintero de oficio, natural de la Capital, residente de Villa Ausencia, esposo de Constanza Florez Ventura y padre de dos varones menores de edad, se hallaba frente al punto en el que, su pasado donde tuvo génesis su miedo y su presente, se encontrarían para demostrarle que ya no habría para él, después de 14 años de ansiosa tregua, ningún futuro. El hombre se retiró el sombrero, la camisa, el pantalón descolorido y las botas, abandonó el solar de su casa como quien quiere desvanecerse incluso de la memoria de todo ser viviente, y caminó hacia la maleza que, comenzando a la vera del camino, se adentraba entre montículos de tierra reseca y escasísimos árboles como sembrados por accidente en tal estepa, hacia lo más "profundo" de la aún inexplorada y vasta llanura, de donde jamás se le vio regresar, a pesar que el verano arreciaba y nadie hubiera podido en tales condiciones, avanzar un kilómetro sin contar con una buena cabalgadura y suficiente provisión de agua.

Momentos más tarde, Constanza Florez, tras buscar a su marido infructuosamente en el taller con un refresco en la mano, encontró su indumentaria en una silla, y asomado en el bolsillo de la camisa un sobre abierto marcado con su nombre en letra de imprenta que llevaba dentro una citación de un juzgado de la Capital, para hacerla comparecer ante el juez que investigaba la extraña muerte de su madre, Argemira Ventura, acaecida en esa misma fecha pero catorce años atrás al amanecer, expediente reabierto por encontrarse que ésta, misteriosamente podría estar asociada a otra acaecida simultáneamente en un barrio limítrofe de la Capital: la de un joven de 28 años de edad, de nombre Johann Estanislao Fiquitiva, encontrado vestido de traje, el cráneo fragmentado y los sesos dispersos por todo el recinto, en la mano derecha enrollada una hoja con los que parecieran ser sus votos matrimoniales, que como en la mayoría de los casos incluyen aquella conocida frase: "…hasta que la muerte nos separe".

II. EJEMPLAR

La lección transcurría como de costumbre: Amadeo, el maestro de filosofía, sentado frente a su auditorio (30 alumnas de grado undécimo, de la escuela femenina del pueblo), disertaba sobre la influencia del pensamiento de Descartes en el mundo contemporáneo y, poniendo de cuando en cuando la mirada en el reloj, deseaba que el tiempo pasara más a prisa para llegar a su casa, retirarse la corbata y los zapatos y elevar su imaginación al ver por enésima vez algún ejemplar de las revistas que coleccionó cuando era joven y que entonces debía esconder bajo el colchón, pero ahora guarda en su mesita de noche sin temor a que alguien las encuentre.

El tema parecía cada vez más insulso y las alumnas hacía rato habían comenzado a bostezar, sólo un golpe de suerte podría librar al maestro de continuar divagando sobre la duda metódica y los engañosos sentidos. De repente, mientras se ajustaba la corbata, sus ojos se dirigieron hacia una inusual escena que bien valía la pena observar en detalle: Juana, "hermoso ejemplar femenino", entregada a los brazos de Morfeo, explayada en su silla, había entreabierto -sin notarlo-, de tal modo sus piernas, que era posible descubrir al comienzo de sus curvilíneos muslos la juntura prodigiosa donde cualquier hombre habría deseado perderse eternamente abandonando toda razón. "Los sentidos nos engañan", pronunció con convencimiento Amadeo, mientras se relamía la comisura de los labios en un gesto de perverso deseo. Su objeto de contemplación, con cada categórica afirmación cartesiana parecía tener un espasmo, tras lo cual revelaba inocentemente, -abandonada toda duda-, su natural exuberancia; consciente de ello, el maestro, diestro por demás en el arte de la retórica, hizo alarde de su elocuencia y comenzó a referir las ideas capitales del filósofo francés, acentuando las palabras que sabía, generarían alguna resonancia en la desentendida Juana. El efecto no se hizo esperar y la verborrea emitida por Amadeo logró hacer que la falda de la adolescente acercara tanto su ruedo a la cintura de manera que con cada nuevo acento se exponía más la noble e íntima belleza que un par de blancos calzones no lograban ocultar.

Por un momento el tiempo pareció detenerse para el maestro, quien tras haber dedicado los últimos diez minutos a vomitar con estilo lo mejor de su repertorio filosófico, no había notado que se encontraba de pie, los ojos puestos en el pubis de Juana y su sexo erguido como queriendo revelar su actitud frente a la filosofía moderna: rígidamente sostenida, pero distante de cualquier posibilidad de aplicación práctica. Las alumnas -salvo la durmiente Juana-, se encontraban desconcertadas, máxime cuando tras el grito jubiloso de "Cogito, ergo sum", el maestro pareció liberar con tal fluidez sus pensamientos, que de inmediato se generó una profusa humedad en su pantalón.

La campana sonó. Las alumnas, puestas en pie reían de lo acontecido y sólo Juana, ignorante por completo de la situación, se levantó de su silla, observó a su maestro y agradeció por la lección, sabiendo -y esto no lo reveló sino tiempo después a su mejor amiga-, que aquel sueño filosófico le había permitido imaginarse de modo claro y distinto, en una playa teniendo sexo con su amor platónico: Amadeo, su ejemplar profesor.

III. AQUILINO EL NIÑO VIEJO

Bebía un café amargo a las cinco de la tarde, con la certeza de que el día pronto acabaría: costumbre adquirida cuando cumplió los 14 años y alguien le hizo notar -mientras jugaba a hacerse el muerto-, que ya no era un niño y le mató en el acto su infantil empeño.

Besaba a su esposa como quien no quiere la cosa, cada mañana al despertarse (nunca se le ocurrió hacerlo antes de ello) y luego alzaba la mirada hacia el techo de concreto pensando en la noche que -apenas despedida- ya le hacía falta. Nunca sintió que durmiera lo suficiente y, sin embargo, las sagradas ocho horas de sueño, nadie podría quitarle.

La jornada se le iba en recuerdos. Su voz casi nunca se sentía, a menos que fuera para lamentar alguna noticia del periódico o para exigir su café amargo, el cual en ocasiones le resultaba tan negro y áspero como el mismo Putas.

Era Aquilino "que-me-orino" en la mañana, Aquilino "está-cagando" a mediodía bajo el mango, Aquilino "si-que-apesta" con su café en la floresta.

El buen Aquilino que no dormía si no tenía sueño, y aunque lo tuviera, si en su cama no yaciera.

- Aquilino, no es por nada, pero la casa exige ser reparada.
- ¡Que se caiga! ya en el suelo el deterioro no podrá tumbarla.
- Aquilino, no has pagado, y el café se ha terminado.

- ¡No me jodas! ¡Todo es plata! ¡ve y lo coges de la mata!
- ¡Aquilino, ¿qué te pasa?! ¡te retuerces en babaza!
- ¡Que me muero! ¡Ay juepuerca! ¡Se te acabó la joda vieja terca!

El buen Aquilino recibió la noche de su último día, en un féretro, vestido de blanco hueso, sin haber bebido su café y sin haber comprendido, que la vida que se le fue en recuerdos, la tenía perdida desde que dejó matar su inocente niño interno.

IV. EL POZO DE ARGEL

Sumido en una de sus vacuidades existenciales provocada por la borrachera, Argel no se daba cuenta que hacía dos minutos y 37 segundos, La Tigresa estaba exigiendo que le pagase la cuenta: ella, una mujer generalmente serena, -de aspecto semejante a un búfalo criado por flamencos-, comenzaba a desesperarse, pues, considerando la hora, además de tener que cerrar el PUB (putiadero único del barrio), temía que ella misma tuviera que levantar a su último cliente y, por demás, el más fiel, para ponerlo en la escalinata donde solía abandonar los "despojos humanos" que perdían la conciencia, consecuencia del alcohol artesanal que vendía en la barra de su "salón cultural".

No era la primera vez que Argel se dejaba llevar por el alcohol y se evadía sutilmente del éter de su insignificante vida. Según se decía, desde que abandonó a su esposa y sus dos hijos, convencido de estar ayudándolos con su altruista gesto de desprendimiento, no hallaba paz ni lograba consuelo, más que en la botella plena del dorado veneno que, a medida que escanciaba se le antojaba tan deliciosamente perfecto. Cada viernes, al finalizar su jornada de trabajo, corría hacia el pub, el cual se encontraba dos metros por debajo del nivel de la misma calle donde se le veía deambular todas las noches, y mientras descendía por las empinadas escalinatas terminaba su cigarro, el cual había encendido no hacía más de un minuto. Al ingresar al "salón cultural", buscaba el perchero para abandonar allí su abrigo y su sombrero, no por etiqueta, ni porque le resultasen incómodos o porque la temperatura del lugar le obligase a ello, sino porque de este modo se sentía como uno de los *gentleman* de los que su madre tanto hablaba. El lugar -no más acogedor que la bodega de un comerciante de pescado-, asemejaba un pozo colector de residuos de alcantarilla, a pesar de que su propietaria se esmerara en repetir a todos sus clientes, con voz grave, el insólito saludo *"Bienvenue a la Maison de Mademoiselle Josephine"*.

Y es que el nombre de tan carismática mujer era Josefina Romero, aunque todos la llamaban "La Tigresa" (quizá por sus ojos rasgados y su obsesión por vestir con pieles coloridas); se dice que alguna vez estuvo casada y tras la prematura muerte de su marido, heredó una modesta fortuna, la cual despilfarró en poco tiempo casi por completo, reservando sólo el capital suficiente para iniciar su negocio, mermado significativamente por la crisis económica generalizada de los últimos años y a la que contribuían los ebrios que echaba del lugar tras exigirles el pago y descubrir que no portaban consigo ni un centavo. No parecía ser el caso de Argel, pues con seguridad el empleo como profesor de matemáticas habría de generarle los ingresos suficientes para pagar el alquiler de la habitación que compartía esporádicamente -eso se rumoraba en el salón- con alguna mujerzuela del barrio, así como su alimentación básica y el licor que le carcomía semanalmente no sólo sus órganos internos, sino -como repetía él a quien le preguntaba por la razón de su embriaguez-, la existencia misma que le agobiaba.

El hombre estaba sentado en la misma mesa de cada semana, con esa expresión que ya todos identificaban como un claro signo de su profunda miseria: la mirada fija en la nada, sus ojos sin brillo y la boca entreabierta que permitía ver los discretos reflejos de sus dientes de ámbar. Nada parecía inmutarle, incluso la cercanía de La Tigresa, le era del todo ajena. Algo se interponía entre su caótico estado mental y el pútrido escenario que le rodeaba, algo que no le dejaba regresar del ensimismamiento, y que produjo que, en esta ocasión, la misma *Mademoiselle Josephine* se hallase intranquilizada.

Afirmando su mano en el hombro del enajenado Argel, la mujer probó sacudirlo con fuerza, aunque sin resultado: "este pendejo se vino muriendo", -fue lo único que pudo chistar tras ver que no reaccionaba a ningún estímulo externo-, el temor de que así fuera la poseyó por completo y decidida a no tener parte en tan fatídica historia, como pudo, asió el rígido cuerpo y lo arrastró junto a la escalera. "Esta vez no me van a joder, porque yo no tengo la culpa", repetía La Tigresa con sentimientos encontrados de rabia, desesperación, miedo y sorpresa. Trató infructuosamente más de una vez de subirlo por las escalinatas, pero su mal estado físico, el agotamiento producido por la jornada y el peso mismo de Argel que, por demás, estaba más que flaco, no le posibilitaron alcanzar la meta. Sólo una cosa le restaba: descuartizarlo para sacarlo por partes, pero mientras buscaba una herramienta que le permitiera tal procedimiento, Argel se levantó del suelo, buscó su abrigo y su sombrero y extrayendo de uno de los bolsillos del pantalón un par de billetes los extendió hacia la propietaria del negocio, que ahora se disponía a abandonar sin emitir sonido alguno.

La Tigresa se hallaba estupefacta y desvaneciéndose -presa de sus sentimientos encontrados-, con total desparpajo cayó sobre la misma mesa donde él había estado sentado y, tras reponerse del acontecimiento, encontró sobre ésta un trozo de papel amarillento, arrancado de un cuaderno, en el que se hallaba escrito:

"He bajado hasta el pozo de mis desvelos, descubriendo que hace mucho que estoy muerto, y a sabiendas que jamás saldré de él, he arrastrado conmigo lo único que me sostenía en la vida y me producía sosiego: el recuerdo de mis amados hijos, a quienes asesinó hoy su madre, presa del dolor insuperado que le produjo mi abandono. Estoy condenado al infierno de saberme culpable y jamás poder ser absuelto."

La fecha se veía con absoluta claridad: *"31 de diciembre de 1929"*, día en que hace ya más de ochenta años, -según la historia contada por el antiguo propietario del local a Josefina Romero, cuando le entregó el documento de propiedad del mismo-, un hombre presa de la depresión generada tras perder a sus hijos, vestido con abrigo y sombrero, se colgó del techo del lugar y sólo fue encontrado varias semanas después ya en avanzado estado de descomposición; pero lo que hacía del papel un motivo para que La Tigresa se desvaneciera de nuevo, era el nombre de quien lo escribió, pues no era otro el autor sino el mismo hombre que acaba de abandonarla en medio de su propio espanto: *"Argel"*, el profesor.

V. EL PROFE

De conocida consistencia, la materia que acababa de pisar, a Boris le significó tener que regresar a su casa para cambiar de zapatos: no podía permitirse llegar al colegio en su primer día de trabajo como profesor de filosofía, oliendo a excremento de perro criollo. No era la primera vez que le sucedía, sin embargo, poco se había preocupado antes por los efectos que una pisada de "buena suerte" le podría generar en su relación con otros seres humanos. Pero este día era diferente y aunque le importara una caca de perro lo que pensaran los demás, evitaría -hasta donde fuera posible-, llamar la atención de sus nuevos estudiantes y colegas.

Boris era uno de esos extraños personajes de aspecto sombrío, aunque poco llamativo, más parecido a un chimpancé que a un humano, que creían que su existencia en nada cambiaba lo que sucedía en el mundo. Pensaba que todo sería igual para la humanidad con él o sin él, y si se había dedicado a la filosofía, era para poder profundizar en esta teoría y encontrar suficientes argumentos para convencerse a sí mismo de su inutilidad existencial.

Así, tras haber retornado a casa a cambiar de zapatos, notó que su segundo par estaba ornado de la misma masa fétida, alojada en la suela y las costuras desde hace un par de días. No la había limpiado por la misma razón enunciada hace algunas líneas: le importaba poco lo que los demás pensaran de su aspecto. Con la imperturbabilidad que le caracterizaba se dirigió al lavamanos y con sus propias uñas comenzó a retirar porciones gruesas de excremento; tal tarea le tomó cerca de cinco minutos, sumados a otros tres que invirtió en poner betún crema al zapato, brillarlo y ponerlo de nuevo en su pie. Emprendió la marcha, esta vez un tanto más apurado, como luchando contra el viento que a las 6 de la mañana de aquel lunes resultaba más gélido que de costumbre.

Llegó al plantel varios minutos después que la puerta había sido cerrada y aunque hizo sonar el timbre desesperadamente, nadie abrió. Resignado a su triste suerte se giró y cuando pensaba cruzar la calle, oyó el chirrido de la puerta que tras de sí le invitaba a detenerse. Giró nuevamente y se encontró de frente con la directora del plantel, que le sonreía como una madre tierna que espera que su hijo se acerque para propinarle un pellizco. Avanzó hacia ella evitando mirarla y tan rápido como pudo se escabulló hacia la sala de profesores, la cual se hallaba vacía: todos se encontraban en el auditorio en formación. Su jefe, que parecía haberlo seguido sin modificar la expresión de su rostro, lo tomó del brazo y lo condujo al auditorio con tal solemnidad, que por momentos creyó que lo que encontraría allí sería una silla eléctrica.

Al llegar al "Aula Magna" (un lúgubre patio cubierto que parecía haber sido sitiado minutos antes por los Hunos), Boris fue llevado directamente hacia la tarima, a la vista de todos los estudiantes, para ser presentado. Un carcajada polifónica retumbó en el momento mismo en que Boris estaba al frente de todos y el insípido personaje que se estrenaba como profesor en esta institución, sin saber la causa del suceso, agachó la mirada y pudo constatar dos cosas: 1) traía puesto un zapato de cada par, uno negro de amarrar y otro marrón, mocasín y 2) el zapato que no había cambiado era justamente aquél con la plasta de excremento fresco, la cual, a este punto -quizá por la estrechez del auditorio y el calor que allí se sentía-, parecía emanar con excesiva intensidad su despreciable aroma.

No sólo no pasó desapercibido en su primer día de trabajo, sino que Boris tuvo que cargar con la burla hasta que desapareció misteriosamente de la institución y fue encontrado muerto pocos días después, como lo relataron los medios "apestando a excremento, sin zapatos, en un bosque a las afueras de la ciudad". El único testigo de su muerte parece haber sido un primate, que -según indicaron varios vecinos-, merodeaba hace días por el lugar luciendo un par de zapatos viejos: los mismos que faltaban a Boris, el pobre hombre que no quería ser recordado, pero al que aún hoy se menciona en el colegio cada vez que alguien corre con la "suerte" de posar inesperadamente su pie sobre un bollo de blanda materia fecal.

VI. EL ÚLTIMO PIELROJA

El último cigarro de la cajetilla había sido fumado y Daimon -asomado por la pequeña fisura que tenía por ventana-, esperaba aburrido que pasara la lluvia para salir a conseguir más "vicio".

- "Qué putas hago aquí acurrucado en un cojín" -, gruñó mientras aprovechaba que se había enderezado, para rascarse la roncha que tenía en el culo a causa de un maldito zancudo que se atrevió a atacarlo en tan privada zona. Bueno, "privada" propiamente no era, pues desde que usaba los pantalones escurridos, Daimon exhibía alegremente su trasero y eso sin contar las ocasiones en que ebrio, sin pudor, se quitaba la ropa delante de sus amigos, dizque como "acto de rebeldía ante un mundo que nos esclaviza con costosos e innecesarios harapos".

Sacó su mano de entre los calzoncillos, revisando que en sus uñas no hubiera sangre, con la constatación de que ya era hora de cortarlas nuevamente, pues fácilmente se acumulaba mugre en ellas.
- "Uña y mugre" -musitó-, "ese hijueputa del Martín viene a dárselas de mucho porque anda ahora de mozo del Jorge: machucos es lo que son ese par de galletas".

La tarde avanzaba y afuera parecía que la lluvia no fuera a parar en todo el día.
- "Una botella de guaro es lo que debería comprarme, pero pa' jartármela sólo, ni puel'hijueputas. Si por lo menos Martín arrimara por aquí, ¡la rasca que nos pegábamos!" -.
Por un momento sintió el fuerte deseo de llamar a su amigo de toda la vida, pero al pensar que llegaría con Jorge, ese "niño bien" de los barrios del centro, se mordió las uñas como conteniendo una cagada y pocos segundos después, mientras escupía exclamó: "¡Marica, este dedo sabe a

mierda!". Se olió la mano y estalló en una carcajada, creyendo que con ella espantaría la lluvia y podría salir a comprar los cigarros que tanto estaba añorando. Y como víctima de un arranque de locura, corrió de nuevo al teléfono, marcó el número de Martín y espero impaciente, mordiéndose de nuevo las uñas, a que contestaran.

- "Quihubo chino, páseme a su hermano... Hola viejo, ¿que-está-haciendo?... ah... no... es que... pensé que... no, sabe qué... pailas, hablamos otro día... no, no, no, fresco... sí, seguro... nos vemos". Colgó el teléfono, y una vez más con las uñas entre los dientes, pero esta vez para escarbárselos y retirar los restos del chorizo con que había almorzado, chorizo "no-me-olvides", de los que vende doña Susana en el parqueadero de la Séptima con Cuarta, muy cerquita de la casa de Jorge; pensó - "no me queda sino una... llamo a la Milena, le digo que estoy enfermo y le pido que traiga aguardiente, cigarrillos y limones, pa'hacer un remedio y si me dice que me va a traer *acetaminofen*, le digo que ya tengo muchos, pues eso es lo que le dan a mi abuelito pa' tratarle la osteoporosis y a mi abuelita pa' curarle el cáncer; nos pegamos una bien buena y le hago la vuelta, que yo sé que esa vieja me tiene las reganas".

Armado el plan, hizo la llamada y quince minutos después tenía junto a la puerta, no a Milena, sino a Jorge, empapado, emputado, con un litro de *Néctar* rojo, una cajetilla de *Pielroja* y media docena de limones. "Jueputa gorzovia siempre me la hace" -pensó-, "pero ¿por qué vino este man?".

- "Entre loco y le presto una toalla. ¿Por qué no vino Milena?"
- "Está con un amigo terminando un trabajo de la universidad. Yo acababa de salir de la casa de Martín y nos encontramos, entonces me dijo que le hiciera el favor y, pues, aquí estoy. Sólo espero que no me demore, porque tengo que hacer una vuelta". -el rostro de emputado ya se le había borrado y por el contrario con su expresión parecía insinuar lo contrario a lo que decía-. "Daimon, ¿verdá ese guaro es pa' un remedio?, ofrézcame una copita pa' quitarme el frío" -y no había terminado de hablar cuando ya se había retirado la chaqueta, había abierto la caja y estaba buscando una copa.
- "Hágale, fresco" -parloteó Daimon con una mirada entre desagrado e ironía, a la vez que le extendía el brazo con una toalla algo sucia que encontró en el baño.
- "Este apartamento sí que es oscuro, ¿no?" -dijo Jorge en voz alta, sentándose en uno de los cojines que había en el suelo, que de día servían como muebles y de noche como almohadas.

El lugar habitado por Daimon estaba a una 20 cuadras del Centro, donde comienza el sur de la ciudad, pagaba poco por él, pero era uno de esos lugares que asemejan más un refugio de guerra que una digna posada: tenía una sola habitación alargada, escasamente iluminada de modo natural por una abertura en la pared que daba hacia el patio de otra casa; estaba equipado con un baño de 1x1,50 metros, cuya ducha dejaba caer el agua casi encima del inodoro y por eso Daimon tenía que bañarse sentado; cerca a la puerta de acceso, el recinto tenía un mesón de concreto y ladrillo con lavaplatos, sobre el que reposaban un plato plástico sucio,

algunos frascos de vidrio y una estufa eléctrica de un solo
"fogón". Bajo el mesón había varias cajas con utensilios de
cocina y otros cachivaches. Todo el lugar olía a una mezcla
de tabaco, sudor, pedos y humedad y dado que sólo contaba
con un bombillo de baja intensidad como fuente de
iluminación artificial, el aspecto no dejaba de ser sombrío:
un calabozo de tortura resultaba más agradable que este
"moridero" en el que había venido a parar Daimon, después
de pelearse con sus padres, abandonar la universidad y
terminar trabajando por horas como ayudante de panadería
en un local del Centro. Lo único que parecía conectar a
Daimon con el mundo civilizado era su biblioteca personal
que estaba establecida sobre un cajón de madera junto a la
cama y sólo contaba con dos obras: "Opio en las nubes" y
"Lolita", ambas con las hojas amarillas, manchadas de café y
leídas tantas veces que parecían tener siglos de uso.

- "Venga, siéntese a mi lado y nos tomamos 'el remedio',
porque el aguacero va para largo y yo no me quiero ir a
mojar otra vez ahora que cogí calorcito", -y terminando la
frase, Jorge, extendió un vaso plástico con aguardiente al
"dueño de casa". Daimon encendió un cigarro, aspiró
fuertemente y tras expulsar el primer humo recibió el vaso y
bebió el aguardiente con una expresión que parecía un
gemido de dolor silencioso, "¡arrrggrgrrrrrrrssss,
triplehijueputa guaro pa' saber tan bueno!". Ambos rieron y
la lluvia, afuera, rió también con ellos.

La noche cayó de repente, sin que Daimon y Jorge lo
notaran. Y después de un par de horas de escasa
conversación, pero infinidad de risas ocasionadas por el
generoso humor de Jorge, ambos comenzaron a sentir el peso

del sueño y el frío de la tarde lluviosa. Caminaron hacia la cama y en un acto de despojo y rebeldía, Daimon gritó a la vez que se reía imparable: "no me voy a dejar joder por un mundo que nos esclaviza con costosos e innecesarios harapos" y dicho esto se quitó toda la ropa. Jorge comenzó a retorcerse de risa y fue tanto el esfuerzo que hizo, que tuvo una fuga masiva de mierda, vómito y mocos; debió retirarse también la ropa y tras un duchazo se arrojó folclórico y somnoliento sobre Daimon, quien hacía ya varios minutos que dormía.

A las cinco de la mañana, cuando algo de luz del patio se filtraba por la "fisura", se podía apreciar un magno desorden en la habitación: la caja vacía de aguardiente estaba en un rincón aplastada, en el piso se veían restos de comida (arvejas casi enteras, pedazos de zanahoria, líquido amarillento y restos de chorizo como moticas rosadas); "Opio en las nubes" fue a parar junto al baño y "Lolita" terminó debajo de la cama, donde también había polvo, colillas, motas, unas chancletas y pedazos de papel higiénico usado. El único cigarro que restaba de la cajetilla yacía retorcido bajo uno de los cojines, que esta vez servían de almohadas.

Daimon abrió los ojos y notó la extraña figura que su cuerpo había creado junto con el de Jorge, escarbó encontrando el cigarro y el encendedor y, tratando de no despertar a su compañero, fumó buscando borrar el sabor que tenía en su boca, pensando en los limones que en algún lugar habían quedado y en el trabajo de la panadería que perdería por estar aún acostado.

Minutos después, el último cigarro de la cajetilla había sido fumado y Daimon -asomado por la pequeña fisura que tenía por ventana-, esperaba aburrido que pasara la lluvia para salir a conseguir más "vicio".

- "Qué putas hago aquí acurrucado delante de Jorge" -, suspiró mientras aprovechaba que estaba desnudo, para rascarse la roncha que tenía en el culo a causa de un maldito zancudo que se atrevió a atacarlo en tan privada zona, a sólo unos centímetros del lugar donde su nuevo amigo había logrado penetrar hacía unas horas. Bueno, "privada" propiamente no era, pues desde que usaba los pantalones escurridos, Daimon exhibía alegremente su trasero y eso sin contar las ocasiones en que ebrio, sin pudor, se quitaba la ropa delante de sus amigos, dizque como "acto de rebeldía ante un mundo que nos esclaviza con costosos e innecesarios harapos".

Por un momento sintió el fuerte deseo de llamar a su amigo de toda la vida, pero al pensar que llegaría y lo vería con Jorge, ese "niño bien" de los barrios del centro, se mordió las uñas como conteniendo una cagada y pocos segundos después, mientras escupía exclamó: "¡Marica, este dedo sabe a mierda!". Se olió la mano y estalló en una carcajada, creyendo que con ella espantaría la lluvia y podría salir a comprar los cigarros que -a esta hora de la mañana-, tanto estaba añorando.

VII. INCANTACIÓN

Una vez que se hubo puesto la gabardina, Yampier Guzmán -pecho de paloma y culo de pato-, caminó erecto hacia la puerta de su casa, la misma en que sus padres 25 años atrás lo habían concebido y que se negaba a abandonar dada la "iliquidez" económica que le impedía independizarse.

La noche anterior, departiendo con unos amigos, tuvo ocasión de conocer una muchacha de otra provincia, que aún con los efectos de la resaca, seguía ocupando sus pensamientos. Rosilea, contextura delgada, más bien desproporcionada, ojos negros profundos y grandes, vestida de colegiala (tenía 16 años, aunque todos le calculaban 15 y medio): fue ella con su sonrisa de "putita sin inaugurar" y los destellos de su cabello negro lacio, la que más llamó la atención de Yampier; no sus muslos alargados y tensos, ni sus nalgas "tragacalzones". Ella, adolescente promedio, sin la gracia de las nínfulas que le atormentaban con frecuencia, pero plena de ese encanto difícil de ver por los galanes del barrio, pero exquisitamente manifiesto para los gañanes y los machos corrientes que repelen -casi como don innato-, a las mujeres bellas que desean.

No había avanzado más de cien metros, cuando comenzó a tener la sensación de que estaba desnudo, la misma que acompaña a casi todo hombre luego de salir de prisa de su casa (un frío que recorre las piernas y se esconde tras los testículos y que nos lleva a pensar que olvidamos vestir los pantalones). Revisó con disimulo su aspecto, de arriba hacia abajo; hurgó en sus bolsillos y verificó, como siguiendo un protocolo, cada parte de su cuerpo, hasta que finalmente,

¡CARAJO!, notó lo que le hacía falta. Apretó con un gesto de desdén su abrigo y corrió de vuelta a su casa, para confirmar, con amarga desilusión, que lo que había olvidado era lo que misteriosamente denominaba su "as bajo la manga". Preparar el artilugio le tomaría tiempo, sin embargo, decidido a no enfrentar su destino sin tan importante objeto, abrió la puerta de la casa y se introdujo de nuevo en la insoportable densidad de hedores que parecían haberse apropiado hacía eones de su habitación: almohadas impregnadas de grasa cutánea y sudor avinagrado, sábanas mal lavadas que son reemplazadas cada nuevo año, emanaciones pesadas de recónditos lugares donde nadie quisiera aventurarse a explorar y, en fin, la hediondez que suele inundarnos y que ya no notamos (aunque los demás - muy a pesar nuestro-, sí), pues forma parte de nuestro hábitat natural.

Rosy, como solían llamar sus amigas a Rosilea, había llegado el último año a la capital, para culminar sus estudios secundarios, pues sabía que de continuar en el pueblo donde vivía desde su nacimiento, no lograría ingresar nunca a la universidad para realizar los estudios de zootecnista con los que soñaba desde que comenzó a cuidar las cabras de su padre: tan incomprensibles y rebeldes como su alma de campesina aventurera. La ciudad la había enamorado y a diario se levantaba con la idea de que todo lo que veía desde la loma donde se ubicaba la casa de sus tíos (su actual residencia), le pertenecía: como una inmensa hacienda ocupada por cabras, todas tan dispares, brincando potrero abajo como enloquecidas, pero finalmente suyas.

Veinte minutos tomó a Yampier completar el ritual de preparación de su amuleto, sagrado utensilio que introdujo cuidadosamente en el bolsillo derecho de la gabardina. Tomó aire, como queriendo llevar consigo un poco de su atmósfera nauseabunda, reasumió la posición erecta y con rostro triunfante abandonó su residencia. Por momentos parecía que la seguridad que le acompañaba se reflejaba en el mechón engominado de cabello que, atravesando su frente, venía a asomarse justo a la altura de sus ojos, pero imperceptible para sus descoordinadas pupilas. No había marcha atrás, su destino lo esperaba -veinte minutos más de lo estimado-, a la vuelta de la esquina, lugar donde se ubicaba, en la misma loma, la casa donde Rosilea vivía.

Habían pasado cerca de doce horas, desde que se despidió de sus amigos y, decidido a no abandonar la suerte que ponía en su camino una nueva meta amorosa, siguió como con perversa obsesión a la muchacha, hasta la puerta de su casa, jurándose para sus adentros que esta vez no se dejaría poseer por el miedo y se atrevería a hablarle, lo cual no pudo durante el departir amistoso, en el que ella pareció ignorar por completo su presencia. Llegado a la puerta de la residencia de Rosy, respiró profundo con los ojos cerrados, se llenó de valor y caminó de frente hasta encontrarse con la puerta recién cerrada de la casa: "quizá ya duerme, juro que mañana, sin falta, vendré a hablar con ella". Se retiró en dirección a su casa, sonriendo como si hubiera logrado una victoria y satisfecho por haber tenido el coraje de hacerse un juramento (¡ya no podría echarse para atrás, pues estaban en juego su autoimagen y su autoconcepto!), comenzó a planear la estrategia para la siguiente batalla.

Es así como se hallaba de nuevo frente a la puerta de Rosilea, esta vez henchido de valor y con palabras a flor de labio, esperando los oídos de su Rosy, para comenzar a liberarlas. Chequeó su aspecto, introdujo la mano en el bolsillo y verificó la presencia de su "arma infalible", entonces y sólo tras estar completamente decidido, tocó a la puerta esperando que ésta se abriera. Los segundos parecieron horas y cuando una mermada figura de anciana se asomó curiosa por la ventana, sólo pudo emitir una suerte de graznido y corrió loma abajo con desparpajo y falta de tino; una carreta de vendedor ambulante detuvo su fuga, aunque esto significó terminar tendido en el pavimento, con raspaduras en rostro, brazos y piernas y rodeado de decenas de aguacates, los cuales tendría que pagar su padre, quien infortunadamente era amigo del propietario de la carreta.

Golpeado, con el abrigo deshecho, y su amuleto destruido, Yampier debería abandonar de momento su empresa amorosa, pero como buen Quijote, no daría su brazo a torcer -salvo por el esguince generado por el golpe-: continuaría hasta lograr lo que se había propuesto, aunque ello significara cambiar de estrategia. Absorto en sus pensamientos tan sacudidos como su figura, mientras evaluaba el daño causado por la caída en su atuendo y tentaba sus testículos fuera de lugar por el remezón, divisó a pocos metros la figura descomplicada de Rosilea: vestía una sudadera (traje de deportes que, adecuadamente llevado, puede revelar ante los ojos del incauto transeúnte, tanto la magia de una bella criatura, como la falta de gracia de una simple gargolínea muchacha), y caminaba como bailando, afectada por el viento del mediodía que le obligaba a retirar constantemente su capul revuelto, del rostro sonrosado y pecoso. Pasó junto a Yampier, que hacía dos segundos se había introducido en una panadería, procurando evitar un encuentro frontal con su musa - acto innecesario por demás, pues aun frente a él, Rosilea no hubiera recordado el rostro de aquél bulto que la observó píamente toda la noche del día anterior -, el encanto natural no le era del todo ajeno y la sudadera acentuaba al caminar su bien torneada entrepierna; por lo demás, no atraía la mirada en su recorrido más que del pobre Yampier, hombre sufriente agobiado por los calores del enamoramiento y las magulladuras generadas en su humanidad por el insólito porrazo.

Cuando Rosilea se encontraba a unos veinte metros de distancia, habiendo, superado el "shock" tras los acontecimientos recientes, y poseído como por una fuerza animal, Yampier introdujo su mano en la gabardina y extrajo los pedazos del amuleto, los asió con rabia, la misma que le generaba tener tan cerca a su Rosy y ser incapaz de abordarla. Todo plan, todo cálculo, toda estrategia desaparecieron de su mente, la cual ahora era presa de una nueva emoción, de un incontrolable impulso, de una idea fija que segundo a segundo le iba presionando más sus preconceptos y concreciones. Dejó de pensar y emprendió la marcha llevado por el impulso de su corazón agitado, la mano cada vez más apretada impediría ver su contenido, el cual sólo la abandonaría en el momento justo.

A sólo unos centímetros de Rosilea, Yampier retomó el control, refrescó su mente con un bello pensamiento y se dejó poseer de la emoción dominante del momento, dirigió sus ojos hacia el objeto de su locura y, como si el peso de su mirada hubiese sido suficiente para llamar la atención de la muchacha, ésta se detuvo, volvió su rostro y azotada de repente por una ráfaga de viento que retiró el cabello de su cara, se mostró con todo su esplendor juvenil ante el ahora transformado Yampier, quien extendiendo el brazo hacia ella, decidido finalmente a valerse de su "as bajo la manga", retiró uno a uno los dedos de la palma de la mano y liberó aquello en que tanto confiaba, seguro de su triunfo, henchido de la soberbia por probar la ambrosía que sólo un seductor con experiencia ha degustado: Rosilea contempló extasiada y por un segundo el universo se le antojó diferente, quizá ya nada sería como antes, quizá todo, para ambos, finalmente cobraba sentido.

VIII. LA ESTATUA DE LLUVIA

Heme aquí de nuevo, sentado frente a la estatua enmohecida de una ninfa cualquiera a quien ya nadie cuida; mi cigarro -encendido en el quiosco de la anciana que huele a rosas viejas-, ya casi culmina su efímero ciclo en este miserable mundo y esta vez no lo reemplazaré: mi turno está por comenzar y no quiero que mi uniforme esté impregnado del fastidioso aroma que expele un cigarro barato fumado con desprecio.

Emprendo la marcha: alzarme del banco de madera luego de doce horas de estar allí con el frío que encalambra las nalgas, me genera cierto confort; abandonar mi lugar preferido en el parque a sabiendas de que regresaré pronto, me llena de una sensación absurda de ansiedad que sólo supera el placer de mis encuentros con ella. Mi oficio ha mucho perdió sentido, pero me sirve como excusa para estar tan cerca, para amarla en la contemplación, para entregarme a su tiempo, donde no hay pasado ni futuro, sólo un inmaculado presente extático, como el de los místicos, sí, eso, lo mío con ella es como una experiencia espiritual, religiosa, incomprensible para el resto del universo, pero siempre un deleite para mi existencia despreciada por el mundo. Me levanto mirando en torno y camino con fiereza hacia el quiosco (el olor a rosas se confunde ahora con fétidas emanaciones corporales), visto mi uniforme y preparo con cuidado mi rutina.

A pesar de estar frente al quiosco, no pierdo de vista el banco: mi referente espacial de ese universo abstracto donde reposan mis desvelos, donde soy yo mismo y me pierdo en la extravagancia de pretender ser sólo una roca. El cliente está cerca y de mi concentración y disciplinada entrega al oficio, depende que logre realizar un buen trabajo. Camino de modo natural hacia él, le dirijo -ya a pocos pasos-, una mirada cordial, obviamente fingida y mientras él, como repentinamente paralizado, se detiene para observarme a la par que va siendo poseído por el pánico, libero mi mano del bolsillo de la gabardina que visto hace años como uniforme del oficio que aprendí no sé cuándo, el único que realizo con habilidad desde que fui despojado de mi anterior trabajo, y que me permite estar siempre junto a ella, la deseada figura que da sentido a mi vida. Extiendo el brazo en el que blando una hoz afilada encajada en un mango de hueso: herramienta de trabajo que me permite procurar no tanto un salario, como un discreto pasatiempo, y presentándola ante mi cliente, tomo lo que me pertenece, aunque en ocasiones esto implique privarle de la vida.

Como exige la rutina, camino a paso acelerado, dejando a lo lejos un pavoroso gesto en el rostro de mi proveedor de "alimento", nunca miro atrás, para no establecer vínculos que confundan mi trabajo con un acto social cualquiera: el mío es un oficio que implica algunos sacrificios y no quiero ser el primero de mi comunidad que rompa las sagradas reglas. Algunos cientos de metros de desplazamiento y emprendo el regreso, esta vez por otra ruta, el uniforme en una mano y la ansiedad de verla de nuevo, que parece abrirme el pecho; pero antes, pasar por el quiosco, dejar en su sitio los indumentos del trabajo, tomar cigarros, encender uno y regresar al banco, con esa sensación extraña de haber estado en un rosal abandonado en pleno centro de la ciudad.

El banco está ahora ocupado por un anciano, camino en círculos y me fumo más de tres cigarros: cada uno encendido con el último aliento del anterior. Se me antoja eterno el momento y cuando estoy por arrojarme sobre el bulto arrugado de polvorosos huesos, éste se levanta y tras un crujir de sus vértebras saluda con la cabeza haciendo a la vez una mueca que, a modo de lacónica sonrisa, permite constatar que, si alguna vez tuvo encanto, de este no queda rastro. Me abalanzo con excitación a mi puesto y aún sabiendo que estaré allí toda la noche, observo como si fuera la última vez a la musa por la cual me levanto del banco cada día a procurarme un lugar en la ciudad de la que soy huésped hace varios años: la pétrea estatua desatendida de una ninfa cualquiera, a quien he bautizado con el nombre de Lluvia, pues bajo el agua parece transparentarse y cobrar vida, como si rechazara los días soleados, disfrutando tan solo aquellos en que el cielo la consciente al dejar caer -para beneficio de su moho-, la densa y fría lluvia capitalina.

Algo de esta pieza olvidada me ha atraído desde siempre y en el rapto extático al que me lleva cuando me dejo perder en su -cada vez menos definida-, figura (la cual alguna vez representó a mi fallecida esposa), me siento también hecho de piedra y golpeo el suelo con el anhelo de asentarme para siempre sobre el pedestal terroso del parque cementerio que me resguarda día a día, desde que perdí la vida al caer por accidente en una fosa que yo mismo cavé, pues tras la muerte de mi amada, para nunca apartarme de ella me había convertido en un humilde sepulturero.

IX. LA PERRA

LA PERRA, recostada en la cama, exhibía su trasero como dispuesta de modo natural a lo que pudiera sobrevenirle. Jorge, quien hace rato había visto la "prenda" abandonada junto a la puerta, pensaba –a la par que analizaba con desagrado una bola de cerumen que acaba de extraer de su oído-, cuán miserable puede llegar a ser la existencia de un animal que pasa la mayor parte del día echado y cuando se levanta es sólo para comer y cagar. Sin más, procedió a recoger el excremento antes que Rosa ingresara a la casa y se untara de suerte (¡eso es plata, plata, plata!), tras lo cual, más cercano a la perra le atestó una palmada en el trasero y la hizo levantar sacándola de la estancia para luego cerrar tras de sí la pesada puerta. Rosa, como llamada con el pensamiento ingresó en ese momento –y con ella de nuevo la perra-, y como quien busca la aguja perdida en el pajar, aguzó la mirada, inclinó la cabeza, extendió la nariz y contempló el piso en toda su extensión para luego exclamar con un aire entre filosófico y banal: "¿dónde se cagó la perra?".

Jorge, distraído de nuevo con la exploración de sus orejas, inconsciente de la pregunta de Rosa, que antes que esperar respuesta era una categórica constatación del irracional proceder del can, observó el bulto de su pareja junto al ingreso de la casa y preguntó: "¿qué trajiste de comer?". Y la vida continuó su curso normal casi sin que un día llegara a distinguirse del anterior. No era novedad que la perra expulsara sus residuos dentro de la casa, que Jorge con desagrado los recogiera sin pensar siquiera en trapear el lugar y que, en medio de una relación tan monótona, el saludo del poco esforzado ente masculino, para el "bulto" sin gracia de su laboriosa (y no menos miserable que la perra) esposa, fuera siempre la pregunta por el consuelo de su panza. Y la vida continuó su curso normal... para Jorge y Rosa, y del mismo modo para la perra.

LA PERRA, recostada en la cama, exhibía su trasero como dispuesta de modo natural a lo que pudiera sobrevenirle. Quince minutos antes, poseída de su difícilmente desapercibido instinto de supervivencia, liberó la presión de su recto, arrojando una bien dispuesta mierda blanda. Su intención –si la hubiera tenido, si pudiera como animal acaso tenerla-, seguramente habría sido salir al patio, escarbar la tierra, doblar las patas y en un acto sublime de preciosa animalidad, cagar con todas sus caninas fuerzas, para luego con soberbio porte empujar hacia atrás la tierra, hacer un giro en torno a su deposición, olfatear y retornar a su mullida cama. Pero no aconteció de tal manera y por ello "sabía" que recibiría una nalgada, agacharía el hocico, apretaría el culo y saldría corriendo para evitar seguir siendo castigada. La perra, despreocupada del mundo que la rodea, sabe – como Jorge-, que mientras exista Rosa, no le faltará comida, cama y una que otra caricia espontánea.

LA PERRA, recostada en la cama, exhibía su trasero como dispuesta de modo natural a lo que pudiera sobrevenirle. Estaba por terminar su jornada. Pocos minutos antes de atender su último cliente, poseída de su difícilmente desapercibido instinto de supervivencia, liberó la presión de su recto, y expulsó un sobrio pedo que tan pronto como fue liberado enronqueció y murió sin que la misma perra alcanzara a olfatearlo. Recibió al hombre que esperaba por ella, lo dejó deleitarse en su cuerpo, lo acarició como quien consiente una mascota, le permitió perderse en un breve orgasmo y con la misma naturalidad con que se había tirado un pedo, se retiró de él, le vio salir orgulloso abrochándose el cinturón, contó el dinero mientras pensaba, cuán miserable puede llegar a ser la existencia de un animal que pasa la mayor parte del día echado y cuando se levanta es sólo para comer y cagar, pues sabía que Jorge, el inútil de su marido, al llegar a casa, le preguntaría "¿qué trajiste de comer?", ella consentiría la perra, asumiría su rol de ama de casa y, consciente de que la vida continuaría su curso normal, exclamaría sabiendo que él jamás le presta atención: "¡si tienes tanta hambre por qué no te comes la mierda de tu maldita perra!", y así recostándose en la cama imaginaría un mundo diverso, sin Jorge, el "cachorro" por el cual su alma no era diferente a la de la mascota que de seguro, por pereza de salir al patio, una vez más, habría cagado junto a la pesada puerta de ingreso de su insoportable morada.

X. SEXDUCCIÓN

Cuatro años le tomó a Eduardo seducir a Apolonia. Ella era luz en su trasegar brumoso, era compañía en las tardes que escapaba de su mundo formal, era pasión servida a la mesa esperando ser devorada. No tenía el encanto de una virgen ingenua, pero conservaba aún en su rostro un viso de nínfula que no terminó de extinguirse, a pesar de que en su corta historia la vida se le había presentado como trágica secuencia de desatinos.

Infinidad de palabras acomodadas a cada situación o en respuesta a los extensos silencios en que Apolonia se sumía, permitían a Eduardo llegar directo al punto en el que la mente y el corazón de la joven se tocaban. No era necesario ser un maestro en las lides de la seducción: Apolonia nunca había sido amada y, cualquier manifestación de ternura hacia ella, lograba disponerla para dejarse poseer por completo. No era el encanto de Eduardo, sino su empecinamiento en romper la coraza que impedía a Apolonia amar y permitir que se le amara, lo que durante cuatro años posibilitó los cada vez más intensos encuentros.

Apolonia no expresaba nada con su mirada, la cual era un lejano reflejo de las tristezas pasadas y de la incertidumbre que le poseía disfrazada de nostalgia. Sus ojos, sin embargo, parecían contener todo un universo y lo irradiaban de modo permanente hacia el apasionado Eduardo, quien decididamente acostumbraba perderse en ellos. Una tarde, juntos, acompañados del vino, podía identificarse como un idilio de eternas miradas y escasas palabras –casi siempre poéticas, casi siempre pronunciadas por Eduardo-. Ningún contacto físico.

Los tiempos entre cada encuentro, por momentos fueron breves, por momentos, extrañamente largos: el tiempo dejó de importar, sólo el vínculo que les llevaba a buscarse y encontrarse una y otra vez interesaba en esta historia que parecía no evolucionar hasta que...
...una tarde, tras meses sin verse, las palabras no fueron necesarias, ni las miradas, ni el vino: Apolonia se levantó de la silla donde reposaba hacía pocos minutos, se desnudó como si se dispusiera a tomar una ducha, caminó hacia el lecho y allí, con la mirada vacía, esperó que Eduardo se desnudara, para permitirle luego poseer su cuerpo, siguiendo el ritmo que él de modo improvisado, iba marcando. Nunca se hizo presente la ambrosía, ni lograron los cuerpos fundirse por completo: él se apropiaba de lo que siempre le había pertenecido y con ello se sentía tan realizado como decepcionado, y ella se abandonaba, como sin opción, al único hombre que le había amado y que, sin hacerla feliz, le permitía olvidar por un momento su vida no deseada y creer que en un suspiro podría evacuar toda su angustia y estar por fin liberada de sí misma y de la carga autoimpuesta de ser una mujer "normal". Hubiera preferido el suicidio, pero con ello habría perdido la oportunidad de sentirse dueña del corazón de Eduardo: sólo de eso, pues sabía que lo que para ella era lo único que tenía sentido en su vida, para él sólo significaba una fuga. Eso creía, eso parecía, eso evidenciaba.

Repentinamente Apolonia se detuvo, se alzó con violencia, se vistió y partió. Nunca regresó. Eduardo terminó lo que había comenzado, en el baño. Tomó una ducha, se vistió, guardó las copas y poniendo entre sus piernas un libro, con la intención de reanudar su lectura –así como la vida que tanto rehuía-, observó por la ventana de la sala el atardecer. Un día más que culminaba, una historia más que concluía y el último suspiro que le generaría Apolonia... hasta que vuelva.

XI. ENCUENTROS

Como una provocación de la vida, acabando de leer *La muerte en Venecia*, Raúl, el "primíparo" estudiante de periodismo, se encontró, con el mayor desafío de su vida. Corrían los años del pop y el rock en español y la decadente tendencia del hippismo comenzaba apenas a impactarle. Recién había alcanzado la mayoría de edad legal y siendo este el primer semestre de su carrera, el mundo parecía abrirse ante sus ojos, como una flor de "brilla-a-las-once", justo a las 11:00 horas. Todo le resultaba nuevo, menos sus vestidos que, siendo los mismos que usaba en el colegio, hacía rato habían comenzado a adaptarse a su apariencia hippie. Nuevas amistades "en proceso", más bien, un grupillo de adolescentes con ganas de beberse hasta la última cerveza de los bares del entorno universitario, pero con recursos tan limitados que sólo les permitía fantasear en torno a una gaseosa grande, que era servida en tantos vasos desechables, como sedientos jóvenes imberbes le rodearan.

Nuevos eran también los desamores que llegaban tan pronto como conocía una chica medianamente destacada, y se iban al instante de saber que ya tenía novio, casi siempre un estudiante antiguo de la facultad. Tantos desencuentros con el amor habían llevado a Raúl a prometerse no permitir al corazón ningún enamoramiento más, centrarse en el estudio y en sus proyectos para ganar algún dinero mientras cursaba su carrera. En eso iba pensando, cuando salía a mediodía, con tanta hambre que no anhelaba más que llegar a casa, permitir que su madre le llenara el plato y engullir como si fuera su última comida. Así cada día, con la mente ocupada en tantas cosas triviales, tomaba el autobús, a esa hora siempre con escasos pasajeros, subía, pagaba, se sentaba, sacaba una libreta de apuntes y un lápiz y esperaba que le llegara la inspiración o se encontrara con la noticia que le daría un "Pulitzer" (o su equivalente local).

No tendría por qué ser este un día diferente a los demás, el hambre lo consumía, la fatiga por haberse levantado temprano y haber tenido seis horas consecutivas de clase, lo hacían adormecerse por ratos, sentado en la silla de atrás del autobús. Su cabeza, que comenzaba a caer de lado, se vio estremecida por una brusca frenada del conductor del autobús: abrió los ojos un tanto asustado y su mirada se encontró con una ligera figura abordando el vehículo. Un joven de alrededor de 14 años, vestido de uniforme escolar acababa de pagar su pasaje y se disponía a sentarse un par de sillas delante de él. Se veía también cansado, quizá hasta un tanto disgustado; miró hacia atrás, al único pasajero que viajaba en el autobús, a Raúl, quien sin saber por qué, no pudo retirar más su mirada del adolescente que ya había ocupado su lugar.

Algo extraño sucedió en el estómago de Raúl: ya no tenía hambre, sino una presión en la parte media, acompañada de escalofríos, comenzó a sudar de repente, y sus manos estaban inquietas, llegó a pensar que era el preámbulo a un desmayo. No entendía lo que estaba pasando, pero como impulsado por un demonio travieso, soltó un bastante sonoro suspiro, que llevó a que la curiosidad del adolescente le hiciera girar la cabeza. Se miraron a los ojos. Quizá un par de segundos, quizá una hora, no era importante, pues fue el tiempo suficiente para que ambos entendieran que algo poco convencional había acontecido.

El adolescente tenía el cabello negro, abundante, desorganizado, era delgado, tenía la piel blanca pura, casi angelical, su mirada profunda, con las cejas bien pobladas, la boca rosa y delgada y la nariz como diseñada por Michelangelo. Observó a Raúl con un gesto combinado de picardía, intriga y enfado: tuvo el tiempo de absorber su imagen, juzgarla y retener para sí alguna impresión que, de seguro, Raúl jamás conocería. El tiempo pareció una eternidad para Raúl, quien ya no pudo más pensar en otra cosa, su mirada no se retiraba del muchacho y, atento de cada movimiento, deseó estar sentado a su lado, ¿para qué? no lo sabía, pero tampoco se atrevería a averiguarlo. Minuto tras minuto, kilómetro tras kilómetro y a medida que se avecinaba a su destino, la ansiedad se apoderaba con más fuerza de su ser; era tal la convulsión interior que sufría, que terminó por excitarse, sí, liberó el pleno de su cuerpo y mente para dejar que aquella sensación lo poseyera, sin importar cuáles pudieran ser las consecuencias.

El muchacho, de cuando en cuando giraba su rostro, como quien quiere ver cuánta distancia se ha recorrido, mas Raúl sabía que lo hacía por él y no disimuló en ninguna ocasión que el chico le llamaba la atención. Tal vez en un escenario menos cargado de prejuicios, Raúl hubiera buscado el modo de entablar conversación con él, pero esto resultaría no menos atrevido que extraño. El tiempo y el recorrido terminaban para Raúl, y su confuso universo mental le había robado la paz. Asió con desdén su morral, se levantó hacia la puerta del autobús y cuando se preparaba para anunciar la parada, vio la mano del impúber muy cerca de la suya, anticipándose a oprimir el timbre. Respiró profundo, como tratando de absorber en una simple inhalación la esencia pueril de quien, detenido el vehículo, comenzaba su descenso. Ambos tomaron la misma ruta a pie, pero Raúl ralentizó el paso con la esperanza de seguir con la mirada el trayecto del chico y descubrir su morada. Se detuvo cuando llegó a su casa y, quizá movido por un impulso natural, quizá porque dejó de sentirse seguido, el joven volvió el rostro sin dejar de caminar, movió la comisura de los labios como dibujando una falsa sonrisa, y continuó la marcha hasta perderse por una callejuela a unos doscientos metros de la casa de Raúl, quien a pesar de haber dejado de verlo, no fue capaz de ingresar a su casa, con el deseo de que el adolescente retornara y pudiera preguntarle por lo menos su nombre.

Para Raúl, la vida nunca más sería igual, había perdido improvisamente la motivación por su carrera, pero no abandonaba la universidad, pues confiaba en que podría coincidir de nuevo con su nuevo objeto de interés. Al pasar de los días comenzó a sumirse en la depresión, dormía poco y su cabeza daba vueltas tratando de recomponer la escena del autobús, cambiando los finales de la historia, inventando diálogos absurdos y creyendo que habían sucedido en realidad. Nadie se explicaba su cambio de temperamento, máxime cuando no decía nada, ni habría podido hacerlo, pues llegarían a pensar que era un aberrado. Veía a otros colegiales con el mismo uniforme del chico y hasta tuvo la intención de preguntar si lo conocían. Todo parecía apuntar a que no lo vería más, hasta que, como por manifestación divina, el chico abordó el autobús en el que viajaba: la misma ruta, a la misma hora que la primera vez. Su cabello estaba un poco más largo y se veía un poco más delgado, tenía el rostro sonrosado por el calor del día, pero por lo demás no había cambiado. Pagó su pasaje y sentó en una silla en diagonal a la que ocupaba Raúl, lo cual facilitó que este le analizara más de cerca y pudiera hacer una foto mental del rostro del muchacho. Ya no había ansiedad en Raúl, sólo excitación y gozo, acompañados de una tierna mirada.

Teniendo ahora claridad de la hora exacta en que el chico abordaba el autobús, los encuentros fueron cada vez más frecuentes y, mes tras mes, Raúl iba ampliando el inventario de cambios, gestos y reacciones del adolescente, que conocía aun cuando ni siquiera sabía su nombre ni lugar de residencia. Era como una obsesión sin sentido, que interiormente había transformado a Raúl y le había llevado a cuestionar su propia sexualidad. No tenía duda de que era heterosexual, pero en sus fantasías siempre estaba el chico del autobús, pues era la única criatura capaz de haberle despertado de tal manera el interés y que, además, aún no había destrozado su corazón. Estaba enamorado y sabía que este absurdo no podría tener anclaje en la realidad: nada acontecería, nada que no fuera correcto y mutuamente aceptado. Mas el destino no siempre lleva el ritmo que se desea y permite abruptas interrupciones en la continuidad de los ideales acontecimientos. Llegaron las vacaciones, terminó el año y al comienzo del nuevo, Raúl no volvió a ver al chico. ¿Cambió de horario, de colegio, de ruta de autobús, de barrio, de universo? Nunca lo supo, pero asimilando la nueva realidad y consciente de su bajo rendimiento académico, Raúl abandonó la universidad y nunca más tomó el autobús a esa hora y en el mismo lugar y menos esperando ver de nuevo al chico.

Algo no funcionaba bien en la vida de Raúl y aunque se ocupó con un empleo que poco tiempo le dejaba para divagar, no borró de su mente el rostro del personaje angélico que había llenado sus días de tanta excitación, vida, alegría y desenfrenado deseo. Creía / soñaba, verlo en todas partes. Imaginaba que de repente lo encontraba y tras compartir sus miradas sobre el asunto, devendrían inseparables amigos. Muchas mujeres pasaron por la vida de Raúl, pero ninguna logró hacerle sentir en las tripas, lo que aquel muchacho sí podía. Ninguna le pareció tan exquisita como la sonrisa tenue con mirada profunda e inquisitoria del chico. Así los años transcurrieron y la memoria obró su parte, relegando tan sutil recuerdo, a un plano donde no pasaba de ser una anécdota cursi y en gran manera lejana.

Una vez más el destino quiso jugar con los protagonistas del relato: en una calle del barrio donde siempre habitó Raúl, y mientras éste se dirigía caminando hacia su casa, descubrió entre la gente la mirada del chico, en un cuerpo fornido que en estatura le superaba, el mismo cabello negro desarreglado y las cejas pobladas, el ceño semi fruncido y una risa que parece siempre estar desvaneciéndose. Estaba seguro de que era el mismo, no sólo por los rasgos de su cara, sino porque al detenerse frente a él, pudo notar la correspondencia en lo que estaba experimentando: el corazón casi se le salía, sudaba frío su cuello, las manos le temblaban, pero ante todo, y aquí lo más significativo, como en un espejo descubrió en el joven ya maduro, la misma excitación que los llevó a contemplarse, como la primera vez, sabiendo que el hilo que los unía en el universo, si bien no los juntaba, tampoco les permitía separarse por completo: sabían que se amaban, y también que ahí termina el cuento.

XII. REFLEJOS Y REFLUJOS

Tenía sobre sí una sombra tan densa de desesperación, que no tuve más opción que matarlo.

Y es que no acababa de hablar y ya la hilaridad de sus palabras era como una bruma que me ahogaba.
Su figura frente a mí me movía fácilmente y en cuestión de segundos, de la alegría de no considerarlo, a las ansias extremas de querer abandonarlo para siempre en medio de su propia fatalidad, hasta que la tragedia de su existencia lo disolviera como gelatina en un horno crematorio.

Finalmente, era él, el único reflejo que podía mostrarme el espejo de mi baño.

***

Siempre me gustó despertar y ver tu rostro iluminado por la luz que entra por la ventana, pero tras tres años de tu muerte, verlo hoy no deja de ser espeluznante.

***

El corazón casi se me sale del pecho al escuchar tu voz: es difícil no asombrarse cuando hablas con alguien que murió hace 20 años.

***

No sabía en lo que se metía
hasta que escuchó la tierra caer
sobre la tapa de su féretro.

***

Contaba con ella para realizar su acto, sin embargo, a pesar de haberla esperado tanto tiempo, la luz nunca llegó.

***

Sabía que vivir a su modo conlleva grandes riesgos, mas no imaginó que la cuerda que sostenía su mundo sin prejuicios, finalmente habría de romperse al verse por primera vez al espejo.

***

Tuvo la idea de comprar un sueño y tras recorrer el comercio de la ciudad, encontró finalmente una fábrica artesanal donde se comprometieron a fabricarle el más bello. Pagó lo acordado, no mucho realmente, considerando el producto ofrecido. Mas a la hora de abrir la caja donde venía empacado, la halló vacía. Y haciendo uso de la garantía, reclamó al artesano por tan despiadado engaño. La respuesta de éste: "Usted pagó para que le vendiéramos una vida soñada y, si observa al fondo de la caja, allí está lo encargado". Al observar en detalle el fondo de la caja, notó en letra menudita impresa una frase que lo dejó sin palabras, decía "¡DESPIERTE!"

***

SOFOCANTE ENERO

Rondó un colibrí la flor de borrachero que adormecida colgaba de su tallo, mas su pico se orientó presuroso hacia una florecilla silvestre que buscaba protegerse del sol a la sombra del floripondio. Las pocas nubes, seducidas por el viento, hace tiempo se habían alejado y el calor parecía una mortaja sobre la vegetación amarillenta que difícilmente lograba espacio entre el crecido pasto. Sólo él seguía cantando, sólo él parecía no afectarse por la oleada de calor de este inesperado pseudo verano: ¿quién podría robar la serenidad a las añejas aguas del abuelo Fucha y su imperecedero canto?

RESEQUEDAD

El viejo Honorio, con su sonrisa de cuadrícula color canela, recorría la ronda del ancestral río Fucha como buscando entre las piedras a medio mojar, algún recuerdo de los años en que aún contaba con la grata visita de sus hijos, algún amigo para jugar parqués o el grito - tan chillón como amoroso -, invitándolo a almorzar de Rosalbina su esposa, "¡alma bendita!", que la Parca se supo llevar.

La mirada se le iba serpenteando con el agua, hubiera deseado sumergirse en ella, pero el río, también viejo y olvidado, - como él -, se había comenzado a secar.

FLUYE Y SE ESCAPA

Desde su nacimiento tenía claro el destino que debía cumplir.
Sabía de las piedras a superar en su camino y el curso a seguir para alcanzar su meta.
Cada movimiento, cada cambio y su fluir le resultaban apasionantes y como parte de su sino los asumía sin temor.
Lo que no imaginaba era que muy temprano en su vida, sin haber aún alcanzado sus sueños, moriría presa del abandono, de la maldad ajena, se desvanecerían sus fuerzas en una tumba abierta: vil canal de cemento.
Era el río Fucha, perdiendo su esencia como sueño evanescente, sin alcanzar el paraíso mar.

XIII. RETORNO A LA ESCUELA

Joel y Natalia se alejaron lentamente de la puerta esperando que el silencio que envolvía el lugar no se desvaneciera de repente, como cuando jugaban a las escondidas y ella -con el corazón agitado-, se dejaba encontrar por él y corría sonriente, vencida ya desde el principio, tratando de evitar el "un, dos, tres por Natalia", que pronunciado por Joel tenía el mismo efecto que un "te quiero" y que la llevaba siempre a ser ella quien la siguiente ronda, tuviese que contar y encontrar al esquivo niño que le había robado y poseía cautivo, su primer beso de amor.   Hacía años que no visitaban aquel lugar y, sin embargo, algo en el ambiente parecía empeñarse en no dejar que la imagen que tenían de la vieja escuela, tal y como se había fijado la última vez que estuvieron allí, se desvaneciera de su recuerdo.

Un suave rumor como de brisa fresca en una tarde soleada en Girardot, a orillas del Magdalena, detuvo la serena marcha que recién habían emprendido: las voces casi inaudibles penetraron con nostalgia su memoria y los invitaron a regresar, dejando de lado su original intención de no volver allí jamás.   Cual dos niños en su primer día de clases, se tomaron de la mano y asiendo a la vez sus loncheras imaginarias cruzaron la puerta de la escuela henchidos del gozo de quien finalmente encuentra su lugar en el mundo y comienza a edificar su historia... sólo que ellos ya la habían vivido mucho tiempo atrás y al ocupar de nuevo sus pupitres en la derruida edificación, apoyaron la cabeza sobre sus brazos, cerrando con dulzura los ojos, como quien se dispone a escuchar una historia tan entretenida que se espera nunca llegue a su final.   Nadie los echó de menos.   La escuela un día finalmente se desplomó y del aula donde yacieron Joel y Natalia -contó un joven transeúnte-, una frase como un crujido rasgando el viento, se escuchó: "Colorín colorado, esta historia terminó".

XIV. HABITUARIO

Acostumbrado a vivir de su miseria y esa poca de consideración que recibía de su pareja, Jaime Subterfugios, había aprendido a ser presencia absurda y redundante en cada espacio que ocupaba. Su tez blanca, como hoja de cuaderno almacenado por años, reflejaba con famélico gesto tanto la mala vida que llevaba, como el excesivo consumo de cannabis. No podía dar un paso sin que la náusea lo poseyese, pues en toda su historia trivial y depresiva, nada había acontecido que no fuese matizado en partes iguales por la esperanza y la frustración, el desenfrenado deseo y los moralismos. El ritmo vertiginoso de sus actos descontrolados y la insoportable pesadez de su existencia, le mantenían vivo, pero no le daban el tiempo de reflexionar sobre la carga que llevaba seguramente desde niño y que pareciera ser también causante de su naciente joroba.

Helo ahí, sentado junto a un mirto, mascullando presencias sabor tabaco, irrumpiendo en el silencio con la vacuidad de su mirada suicida, enamorando desalientos en medio de la abrumadora nada de un mundo que lo aprecia, pero al que ignora por decidida y empecinada repulsión. Se hizo hombre con los años, a fuerza de encuentros mágicos y rupturas apasionadas: nunca entendió por qué era tan feliz sin merecerlo, ni por qué de repente su demonio interno lo llevaba a que dejara de serlo, "porque no se puede soportar un universo perfecto, es mejor si la vida se inhala ardiente con carácter de drama". Quien fuera de impúber una estrella cintilante para los suyos, voz ingenua de una humanidad que aún cree, prefirió madurar con la opacidad de la filosofía que repele halagos y elegías, que rechaza lo correcto y bien formado, que se hace disonancias, reflexiones cargadas de inútil sarcasmo, reproches al mal trago y que, finalmente, sume a cualquiera, por muy sabio que parezca, en la embriaguez del sinsentido, la cruel frialdad de la soledad absoluta, irredimible y para personas como Jaime, mortecinamente apropiada.

La vida va a un ritmo que no le interesa comprender, él sólo se la bebe a tragos cortos, a veces con la ansiedad de escanciar por completo la botella "medio vacía", en ocasiones de modo tan parsimonioso que pareciera no hallar gusto y, esmerándose más de la cuenta, probara a insaborizarla en el cáliz de su alma. Mas Jaime no es ajeno por completo a las historias que lo rodean, que sin ser suyas lo conmocionan y donde parecía descubrirse con algo de autoexigencia, como parte de una movida que cree siempre haber él mismo provocado. De hecho, reconociendo su cuota, pudo llegar a meterse sin mayor esfuerzo en otra vida, donde no ocupaba más de lo que se requería, donde nunca sobró un poco de sí mismo y, entre dilatadas presencias, siempre fue oportuno, se hizo hábito cadencioso y hasta ridículo, pero encarnado de tal manera que no sería comprensible una existencia sin la otra. ¿Lo entendía también él así? ¿Se sintió alguna vez verdaderamente parte de un alter menos atractivo existencialmente pero igualmente incomprendido?

Es Jaime, yerba amarga mascada, regurgitar de anacrónicas esperanzas, silencio en medio del goce, rumorosa excitación cuando halla su flujo vital. Se hizo historia para ser contada en detalle: expresión de un ser que no se define, porque no necesita hacerlo, pero que cuando se sumerge en la profundidad de su genio creativo, explota y hace explotar a su alter que lo contiene. Él se siente solo, y de hecho es incomprendido, mas ignorarlo no se puede, tiene la fuerza presencial de un ángel que no percibe ni busca afectos. Ora inmóvil, ora inquieto, la mirada de nuevo en el vacío, con un poco de vidriosa nostalgia, es Jaime nuevamente un subterfugio perfecto: yo, su alter, le contemplo desde el lugar donde me ha puesto, así ignorado, así escondido, así abyecto y por momentos dejo de ser yo, para convertirme en llanto y correr por sus pómulos resecos, pasa la mano por el rostro, me aparta de su faz con beatificable gesto, se alza, yo despierto, mi mirada le sigue, mas él es de nuevo sólo un reflejo, se desvanece, neutraliza todo desvelo, camina en dirección ¿a su destino?, yo lo pierdo. Sé que regresa a la cueva de sus ausencias, al mundo insulso donde pretende ser un humano promedio, uno más dentro de la molesta rutina, un individuo funcional, un ente, farsante en su poderoso esplendor, que hace creer a todos que no es más que eso, lo que siempre ha rechazado, lo que odia, lo que ya ni siquiera le impide apartarse de mí, ese idiota intelectual que no presume pues en su discurso no halla interlocutor que lo iguale... Sigue en su itinerancia sublime y se pierde en sí, en tanto yo, al margen le busco como habituario eterno pretendiendo alcanzar su intocable espíritu enfermo.

Es Jaime, soy yo -su alter no reconocido-, no somos ninguno. Todo torna al gris de la tinta que se impregna y dibuja un poco de la miseria de dos existencias que se funden y disgregan en tanto dejan de ser y retornan siendo.

XV.

No alcanzó el tiempo para titular este fragmento de mísera desesperación

Es sábado y la noche va dejando su huella en la piel que reposa bajo los ojos del ignorado lector. Dos gotas y media de sudor resbalan por una de sus sienes, justo del lado donde la lámpara refleja hace horas su mezquina luz amarilla. La angustia le va poseyendo y preso de una obsesión nacida hace pocos minutos, trata de escribir algunas líneas: no recuerda el momento en que interrumpió la lectura y, como llevado de la locura, liberó sus dedos deshabituados, para que trataran de descargar sobre las teclas negras, toda su furia (si es que el desvelo y el hambre permiten que tal emoción sea liberada).

Quería escribir un cuento antes que llegara la medianoche, pero sólo logró alcanzar la línea en que esta historia se interrump

Contenido

Nelson Fernando Celis Ángel

ISBN: 978-958-48-8911-9